朱《あけ》鴉《がらす》の詩《うた》

舟橋輝晃
Funahashi
Teruaki

文芸社

目次

老梅の
　おこす色香や
　　春めいて
夢を枕の
　身にも染みゆく

春猫夢

ふり仰ぐ君の笑顔に春の雪
口づけよとや露と消《け》ぬ間に

星見れば君が煌めく眸見ゆ
咲く花見れば君が笑み見ゆ

柔肌のあかり仄かに吐息して
障子にしのぶ春の夜の月

花満ちて風に散り染み空に染み
君が瞳に春の色染む

春まだき胸元眩し笑み眩し
花咲き鳥の謳う季きぬ

夢ひとよ紅に真藍に君が侭
乱れ咲きなむあした知らずに

君恋し胸にそぼ降るこぬか雨
つのる想いに傘も敢えなく

浅茅生の露のひと世も君在りて
醒むなく紡ぐ夢模様かも

あづさあい露に濡れては色惑い
やがて真のあいに定まる

幾万《いくよろず》蕾みほころび散る夢や
末には咲かね契りてし枝《え》に

あらざらん後の想いも尽くさむと
なお腕中に肌熱き君

いつの日か辿る縁の彼岸花
散りゆく果てもなお君が許

泉なす胸の想いを如何にせむ
淵となりぬる君がまことを

移ろえば胸乳に忍ぶ秋の風
藍も褪めゆく濃衣かな

夢ひとよ　せめて一筆恋草子
露と流るるあした来ぬ間に

うしろ髪切るもあえなく乱れては
朝《あした》にぞきく蟬しぐれかも

直線は鋭く的を射貫くけど
そっと寄り添う曲線が好き

変化球いつも見逃す君だから
今日は直球ど真ん中へと

果てしなく君が腕中夢模様
夢にしあれば夢に果つべし

紅《くれない》に庭咲きそめる一輪の
冬の薔薇かも我が胸の君

重ねきしひとそがおもい恋衣
いま腕中に放つ悦び

風さそう花の住処や君が門
ゆき過ぎかねつ纏《まと》う夕暮れ

君が許想いとどけと恋花火
せめてひと夜の夢に咲きませ

禁断の針刺す如き恋に生き
幸せ満ちる日常に死す

待ちわびて秋仮《かり》初《そ》めの風便り
ゆれて明からむ萩の闇かも

君来べき我かゆくべき終の宿
いくよを伴に巡り廻りて

咲くも好し散るもまた好し甲斐も無く
浮世を嘆く花のあらむや

咲き狂い人世のかぎり夢かぎり
今をかぎりと君が腕中

さりともと去らぬ未練の深草に
今日も分け入る露に濡れつつ

染み付きし幾千幾夜の君が声
移ろう刻を止めて夢中

しぐれては朝に覚ゆ初花の
色香も露に濡れてこそはゆ

失恋はいつもボタンの掛け違え
三十路で通う着付け教室

質問のいとまもくれず春はゆく
悔いと名残を置き去りにして

みおつくし徒にはすぎな青き春
よしうぐいすの声は聞かずも

忍ぶれど君が色染む酔芙蓉
朝な夕なに想いうつして

夢うつつ揺れて漂う木の葉舟
かえすも難き恋が淵へと

風荒び心を穿《うが》つ夜半の雨
あした契れる聲も切なく

純愛か　むしろ肉欲熱愛か
偲よふぇろもん君におまかせ

そそのかす小さき悪魔を指先で
君は捉《とら》えるいとも容易《たやす》く

相聞のあだ空ごとを真に受けて
閨《ねや》のとばりによばう月かも

たそがれの庭に辛夷《こぶし》の仄めくを
君と見紛う恋眩《くら》みかな

君とえば尚ふりしきる奔《はし》り雨
堰も敢えなば流れゆくまま

出しそびれ胸に留まるラブレター
密と消しゆく時と云う紙魚《しみ》

月明かり君の在りしは彼の辺り
せめてありなむ夢の通い路

爪を立て忘我の淵にしがみつく
もう戻れない終電のベル

ときふれば色の移るもさりぬべき
なにか奥無きもの想うらむ

白き花連理の枝に結ぶ文
風に揺らめく夢ぞはかなし

夢ひとよ君と紐解く恋絵巻
永遠《とわ》にもあらめよみも尽くせず

あすを待つ　あすはなに待つ虹の橋
君へとつづく夢の浮橋

寝返れば隣に君が温もりの
在りにし日々を想う頃かな

果てしなく君が腕中さまよいて
やがてゆきゆく深き闇かも

花びらの痛みも知らず笑み浮べ
君は無邪気に恋を占う

ふりしきる憂いの雨も君あれば
歩みはやまじ共に濡れなむ

月影を窓辺にまねき闇とえば
気恥ずかしげに鈴虫の聲

ふりゆける想いひとひらたなごころ
夢にもあらむ現にもまた

散りぬとき風にゆだねて野辺の萩
連れ舞う蝶の夢のさなかへ

深草の露のしずくに濡れるとも
なお焦がるるや恋の蛍火

明日ひらく夢の応えを待ちかねて
今日に流るる青き春かも

プリズムに透かすあなたの胸の内
実は見えねど色は様々

身ふたつに咲いて想いを移し草
露にぞ濡れて増さるあいかも

とびきりの笑顔に何故か胸騒ぎ
あした優しく別れの予感

報われぬ恋もありなむ浮世なら
八重に華やぐ身こそ哀しき

寄せ返す喜悦の波に漂いて
夢も現も君に透けゆく

萌え出ずる季のかなわば君が許
雪の褥《しとね》に紅ぞ散らさむ

山入端に月影とめて黒髪の
乱れもあらな明けぬ間にこそ

果てもなき輪廻の渦に君と在り
彼岸の世にも亦然るべし

夢ならむ幻ならむ現し世の
いま腕中にきみが柔肌

渡り来る風の便りもあらなくば
ただに待つ身のはかなかりけり

吾はまた君が涙を知る者ぞ
笑みてしやまぬ君の愛しき

愛想尽かしは冷たく言って胸の埋み火消えるほど
愛の数多は棘ともなれど笑みてあるべしバラの花
来るを拒まぬおのれを忘れ蝶の浮気を責める花
空な言の葉すずろな文も焚けば未練が目に沁みる

いくら不実を責めても無駄と知れど小憎い石地蔵

言葉途切れて見つめるふたり夏の名残をなぞる夜

忍ぶ想いを素直に告げてとけてゆきたや君が胸

だらりなびかぬ風鈴だとて甘い吐息に鳴りもする

疾《と》うの昔に忘れた筈を思い出させる請求書

ひとり手酌で寡黙なあなた背中に口説かれふたり酒

五月《さつき》晴れだよ婚活デート基礎体温も恋のぼり

夢のひとよに袖擦り合ってほろり零れる朝の露

君もまた
見上ぐる月や
葉隠れに
なお咲き残る
花も映らね

水面月

カンブリア眠れる海にゆくりなく
進化の種子を蒔いたのは誰

神いずこ仏ぞ何処《いずこ》まこと世に
御坐さば斯くも嘆くあるまじ

静けさに放たれし身を寿《ことほ》ぐや
木の葉おどけて嬉々と舞い散る

嘆きつつ世を繰り返す苧環《おだまき》の
実の果てにこそ花も咲くなる

晴れかねつ朧にあやし春の月
いで妖《あや》かしの花ぞ舞うらん

吹き抜ける林の風は冷たくも
春の蕾をあやす揺り籠

冬の蚊のひたと刺し吸ふあはれ見つ
命かほどに分けてそうろう

紅枝垂すけて色づく風衣
そぞろになびく寺の石道

水鏡うつるあはれや秋の景
紅葉散らすは我が涙かも

道の端にはじかれ寄りぬ砂利石に
連れ添い根付く草のひと叢

稲妻の晄《ひかり》孕《はら》みて早苗田に
黄金波打つ季のあらめや

燃えわたる山景うつす湖に
風立ちぬれば紅葉散りゆく

山野辺に彩なす花や春の色
雛のにぎわい瀬の音もまた

破《や》れ寺の寂びて苔生す燈籠に
灯しても見む頽《くずお》れし夢

嬰児《みどりご》は夢と希望を握り締む
拳突き上げ世に出でにけり

もういやだ！叫ぶ己も愛おしき
介護悔悟《かいご》に明け暮れる日々

物心ついた時から自転車を
漕ぎ続けてるベンツ横目に

沸き返る焦熱地獄を逃げ惑う
夢去り遣らず半世紀余を

声高に平和を叫ぶ平和惚け
望む平和は戦いの果て

編み棒に繰《く》られて躍《おど》る毛糸玉
小さき命の夢えがきつつ

争いの火種は人の数ほどに
神仏正義も願う数だけ

神様が吐《つ》いた小さな嘘のため
殺し合いする代理人達

恐竜に伍する巨大化望むなら
言わずと知れた結末と成る

国際化　似て非なるべし西洋化
ゆめ散らすまじ山桜花

死者がため戦う憎悪の連鎖かも
我と我が身の滾《たぎ》る正義も

神代からいくさ争い絶え間無し
DNAに刻まれし業

誰ひとり贄《にえ》の悲鳴を聞くもなく
列車は走る分《ふん》もたがわず

恥ずも無き今が流行りの茶番劇
名付けて曰く「お詫び会見」

祝福のなくも闇へと流れるよりは
ましとポストへ棄《す》てる悔い

徒《いたずら》と成りぬべしとは思えども
止《や》め処《どころ》なく世に出でにけり

テーブルの隔《へだ》たりよりもなお遠い
ワインに透ける君を呑み干す

今日と云う徒飯《むだめし》喰らい明日と云う
安穏《あんのん》を飼う燃えないゴミの日

真っ暗な家に帰って永年の
信号無視に気付く馬車馬

世の事は思いの外の御業なり
風に向かうは人の業かな

人の云う急いては事を仕損じる
されど性分待てず候《そうろう》

はなむけの友の言葉を古稀の今
ふと思い出す大器晩成

嘘云わな君が一縷《いちる》の希望にと
差し出す細き手を握り締め

散りあえぬ想いひとひら瑠璃かずら
もしやもしやの夢にすがりつ

我は今　慈悲の心を滾《たぎ》り立つ
怒りに染めて神も討つべし

白梅の溢《こぼ》すしずくや色淡く

雨音にまるく醒めけり残り暑

紫陽花の枯れてなおお恋うつゆ情け

かたつむり涙の痕に荷の重さ

赤とんぼ少し遅れて児の笑顔

君とえばただ夏草のかしましき

早苗田の青き薫りや下校道

茄子漬けて主を待つ間の通り雨

長々とカーテンコール処暑の夜

わくらばのふと艶めかし通り雨

一心にかたぶくもなく彼岸花

一声に天をつらぬく百舌《もず》の意気

今日ひと日散るをとどめて野辺の萩

朽ち翅に一瞥くれて秋の暮れ

小縁側茶菓子も揃い菊自慢

末枯れや急かれて渡る信号機

手を繋ぐ影が先行く秋の夕

窓の秋ゆくえは告げず飛行雲

満を持し放つ真弓の紅き実《じつ》

凍《い》て蝶の凍てにし夢は夢のまま

立葵　花も身の丈ほどに咲き

世辞交わし間引き冬菜を貰いけり

忙《せわ》しげな蟻の挨拶冬隣り

人恋いて滲みゆく如く冬の雨

日のうつり阿吽《あうん》の如く冬の月

ポコポコと珈琲告げて冬に入る

身を捩《よじ》り灰と成りけり古暦

柵《しがらみ》にからみ絡まれ支えられ

添えば亦
そよと砕ける
水面月
ふれも敢えずと
徒うつりける

しずり雪

相容れぬふたりの我を飼い馴らす
時に善為し時に悪為し

何処《いずこ》より来《きた》りて今に在るやらむ
奇跡重ねし命の我は

幾千の浮世の関の難ければ
せめて渡らむ夢の浮橋

夢に咲き夢と散るかも遠花火
闇に透けゆく名残儚し

うつしよは汀《みぎわ》の砂の夢模様
寄せては返す波のいたずら

夏の色ひとはひと葉と褪せゆきて
君と在りしも一片の莫《なか》

うつろいぬ夢のかけらの寄り集い
胸底深く石の薔薇咲く

はらはらと名残の花を散らしける
風やあはれにそよと吹けかし

一心に天を仰ぎて彼岸花
枝葉もあらず傾《かたぶ》くもなし

水清く鳥啼く郷に影もなし
花も哀しや誰が為に笑む

花盛り青葉滴り色衣
舞わせてこその冬木立かな

歌の原九十九《つくも》の先のふかくさに
百々《もも》よの想ひ今ぞためさん

しずり雪つもる想ひのあくる朝
今はに望む冨士の峰かも

現し世に幽《かそけ》き蝶の羽ばたきも
野分とならむ渡り渉りて

梅が枝の花とや見らむ名残雪
いまはの刻を紅に染めつつ

憂き事も愛《う》き事も皆な夢の夢
己が紡ぎし夢ぞ真よ

永遠に倦《う》みしファラオのあこがれは
嘆く間もなきうたかたの恋

想いつつ優しくなれぬ口惜しさに
シャワーを浴びせ押し流す悔い

うつし世にかたき何をか希むべき
ふりてはかなき春の淡雪

悠久の命の海にたゆとうて
君が待つ世の夢にまどろむ

想い出の季に佇む廃れ家に
きこえけるかも雛の賑わい

去り遣らず胸にこだます遠い日々
我より若く成りし汝が笑み

安穏《あんのん》の昏《くら》ききざはし踏み迷い
いつしかにゆく黄泉比良坂《よもつひらさか》

かにかくに雨語るらく幾よろず
蛙鳴きけり知るものの如

風荒び樹木身悶えて叫ぶらく
我かくありぬ汝もあるべし

破れては紡ぐえにしや蜘蛛の糸
ひとよ果敢《はか》なき夢と知りつつ

蜉蝣《かげろう》も退屈なるを知るものや
瞬《またた》きの間を生き急ぐとは

切っ掛けはほんの些細なゆき違い
耳にこだますイアゴーの聲《こえ》

歌原に集う縁の糸の先
互い師となる朋のあれかし

雲居なる峰のしずくの儚きを
誰か知るらむ海原にいて

与するも群れをも拒《こば》み孤独なる
爪牙を研《みが》くケダモノの夜

暮れぬ間に愁思の窓を開け放ち
いざ戯れむ歌野原にぞ

あの頃の君と語らう蝉の宿
夢は巡れど刻はかえらず

この浮世　人の様々夢様々も
儚きのみぞ愛しけり

告白で下ろした重荷分け担う
二心異体の夫婦善哉

叫べども木霊《こだま》もあらぬ闇なれば
羽撃《はばた》きゆかむ夢の翔《つばさ》で

現し世に久しきものもあらざれど
露に晄の宿りもぞせむ

咲く花に夢も現もあらざらん
出会いあやなす縁《えにし》ひとえに

寂しきは孤高の峰の花ならず
群れ咲きおれば尚に寂しく

定まりて星と耀く後の世も
共に連れなむ後々の世も

緒にぞと命を注ぐ細き管
やよとどけかし禱《いの》りこむ血よ

種をも超え奇跡の星に睦むべし
命諸共愛《いと》しかりけり

深海に真白き雪の降る如く
万古の命還りゆくかな

忍び寄る老いの兆しは目の隅に
アンチエイジの文字を捕える

明日へと巡る定めに急かされて
名残おくかなもゆる想いを

順逆の嘆きは如何に野辺の花
風にも添わね空高くなお

姿見に映る理想は大きくも
現は小さき手鏡の中

節電の真夏の夜のたわむれに
彼岸の君と明くる朝まで

選択の自由は前後左右だけ
二次元迷路に迷う十字路

給わりし白詰草の花飾り
セピアに遺る母の微笑み

月も日も入るや出ずるおぼつかな
行方も知れず常もあらなく

泣けばとて誰か責めなむ蟬しぐれ
やがてつくぐ秋の暮れかな

露なしてただに落ちゆく浮世かな
未練にとどむ刻はあらまし

露のよを嘆く袖こそ濡れもして
明けぬあしたをなお想うかも

梅が枝をたずぬる鳥や忘れ雪
君なき郷に春は告げまじ

はかなくも朝日を宿す露の如
唯ひと刻の煌めきもあれ

紅葉燃え郷を彩なす秋の色
季は巡りぬ君の在らずも

寂しさも同行二人の旅衣
罪と恥とを曼荼羅に染め

あてどなくさ迷い吹ける殯笛《もがりぶえ》
透けゆく闇のなお無言かな

華やげどなじか寂しき秋の暮れ
夕に染まるは我が身なるかも

春まだき　うち棄てられし学び舎に
聞こえけるかも雛の賑わい

一声に刺し貫かればらはらと
仏の庭に紅葉散りゆく

ゆきゆきてふとかえりみる故郷に
想いぞかける夢の浮橋

浜千鳥 寄せては返す波の間の
夢ついばむや泡沫《うたかた》に濡れ

人の世の夢は様々七色に
想い描いて架ける虹橋

ふたたびの心は知らず花七日
ただただに咲きけりただただに散りけり

いつしかに人恋うる身や小米花
風な散らしそ小さき想ひを

ふわふわと輪廻の旅は風まかせ
何処まほろば夢の咲くなる

触れも得ずあるを見も得ぬ闇に在り
明けぬ朝の無きを願いつ

往きてまた帰らぬ人をさりともと
まつや常磐木花も知らずに

吹きつける人の想いに隈取られ
五百羅漢のかげも自在に

風雪に後ろは見せぬ風見鶏
過ぎし事ども振り向くもなし

復活の願い無慈悲に剝ぎ取られ
ファラオは眠る硝子ケースに

まほろばの郷の灯りにさんざめく
愛しき笑顔懐かしき日々

万華鏡　己が姿の限り無く
運命《さだめ》も知らずうつる現《うつ》そみ

待ちかねて春告ぐ島に応えては
華と舞い散るしずり雪かな

敷島の大和のすえを想うかも
指呼に彼岸をのぞむ今更

満天に星降る夜はもの想う
我が身刹那の瞬きを見つ

径の端に石割り萌《もゆ》る小さき花
季巡り来て夢ぞ実らね

ふりつもる過ぎし想いにとどまれば
花咲く春も遠くあらまし

御仏の慈悲の心や蜘蛛の糸
すがるも重き浮世しがらみ

群雲の添いつ離れつ様々に
うつる姿に我もあるかな

六道の辻あかあかと曼珠沙華
地獄極楽ゆめ迷うまじ

うつしよを夢と知りせばなかなかに
憂き事のなお愉しかるべし

老いらくの嫉妬変調ラプソディー

あらたまの旅のあしたに長湯せり

うたたねの暇に余生をふたつみつ

鵜は鶴に成れぬと知れば世も愉し

変わり無き浮世を分ける去年今年

終活やなにかおしまん蛇の衣

辛酸《しんさん》も時に醸《かも》され美酒と成る

すれ違う君は将来僕は日々

選り好み先ずは鏡と話し合い

腹ペコを待たせてレシピ談議かな

結論を逆算しつつ話し合い

方円に添うとも水の定まらず

付け睫毛　浮世程よく透かし見る

本番を忘れて見入る茶番劇

連休の耀きも失せ楽隠居

我が道を易きに求め修羅に在り

あだに散りしく言の葉わけてあかき真の道を尋く
あたら生命を餌食に為して存《なが》ふべきやこの命
朋もあらなき高嶺は寂し群れ咲き居ればなお寂し
遠く去り行くえにしを手《た》繰《ぐ》り未練を紡ぐ蜘蛛の糸

暖かき凍土に抱かれ見る夢は
野を駈け風に君と在りし日

巡りきて刹那あやなす流れ星
またはなき世ぞ夢咲かすべし

八《や》百《お》万《よろず》神々御座《おわす》す秋津洲
今ぞ生月甲斐のあるべし

終章の
　しずりの余韻
　　しずまれば
春　萌え出ずる
　命の序章

朱鴉《あけがらす》の詩《うた》

儚きを知らばや咲かね蠟梅の
風にも告げよ春の色香を

夢まどい季をあざむく狂い花
咲きぬ今こそ春と云うべし

コスモスの花譜奏でる風の詩
そぞろに蝶のこい渡りゆく

恋をする我が唇は滑らかに
君が望みの夢ぞ語らむ

イケ面で強く優しく金持ちの
ナイトに飽きてゴーヤ噛み締む

リボン付け裸の私をプレゼント
今日は満月変り身の夜

転寝《うたたね》の隙に憂き世を遣り直し
自在に遊ぶたらればの夢

浮世川　立つ瀬もあらぬ逆流れ
かかる情けのはしもありませ

官僚のお囃子に乗りまつりごと
いずれ哀しき宴終《あと》かも

増税を下世話に云えば底抜けの
バケツに注ぐ白蟻の餌

散りゆける今はに何を約すべき
またも定めの庭に遊ばむ

ふみゆけば後ろは消ゆる浮世橋
急かれ追われてとどまるもなし

銀の匙咥え損ねて生まれけむ
格差社会の荒海の央

国々も人々も亦　神々も
鬼も仏も夢かたるらく

忘れ来しあの輝きをおしむかも
セピアの季に君と佇み

露ひとよ　ゆくもとまるも仮初めの
宿りに結ぶ浅き夢かも

与するも笑うもあらず携帯の
メモリーに棲む沈黙の友

年をおい歳におわれて彼岸花
天を仰ぎてうそぶくもなし

従順に飼い馴らされた獣も
秘かに爪を研ぐを忘れず

早苗田の黄金波打つ季も見で
闇に落ちゆくみこそ惜《あたら》し

狂わねば生きるも難き悲しみに
狂えば花の笑むも哀しき

終末を告げるサイレン聞こえまじ
ソドム・バベルの其の時も亦

花おぼろ異界に惑う春の宵
はらはらと舞う転生の夢

新世界目指し翔び発つ探査船
よも還るまじ猿の惑星

神仏も時世に合わせゆるキャラで
罰は少な目罪は大目に

青春も赤夏も遠く過ぎ去りて
白秋もはや指呼に玄冬

夢ひとよ増される闇におぼつかな
描く絵巻の終の事ども

白黒はつけぬ世渡り泣きぼくろ
哀しくも泣き嬉しくも泣き

夢や夢　浮世儚き春の夢
ふれなば消ゆる淡雪の如

自助努力　自己責任の時代なれ
久しからずや驕る弱者も

天高く伸びる豆の木登れども
ジャックは居らず鬼もまた居ず

汝も亦イカロスの裔《すえ》竹とんぼ
いざ翔び行かね宙の高みへ

散りぬとき風にゆだねて野辺の萩
連れ舞う蝶の夢のさなかへ

五月晴れ生命煌めく今様に
辞世の句など詠み遊《すさ》むべし

火の車走る道路に人はなく
ただ山吹の黄金乱れて

旅果つる彼岸あなたに佇めば
夢も現も川霧の翳《かげ》

日を宿し風に零るる露ひとよ
契《ちぎ》りし方へ途惑《とまど》うもなく

祈りこむ千代に世界の安かれと
日々に願いの鶴よ羽ばたけ

広き門狭き門など埒も無し
なべて滅びぬ道のあるべし

君在りと思わば何か嘆かめや
六道辻に笑む曼珠沙華

母国語を蔑《ないがし》ろにし借り物の
英語繰り出す小臭い感覚

まつりごと蹴鞠の如くもてあそぶ
上が上なら民草も亦

暗黙のうちにからまる裏見草

お詫びする頭は軽く腰重し

大方は加齢でケリを付けるヤブ

崖っぷちお迎え待たせ話し合い

格差など所詮《しょせん》奈落の上の些事

環境と我にやさしくエコ贔屓《ひいき》

癌よりも注射を厭う平和呆け

枯れ葉散り若葉も散りぬ国の冬

公僕の公は忘れし僕ばかり
死者よりも加害者守る人権派
道を説く永田ヶ腹は護利夢中
自由です幸も不幸もお好みで

消費税　鼠賊《そぞく》の餌に音を上げる

地団太も踏めず達磨は転ぶだけ

白黒が都合で変わる永田囲碁

年度末　穴掘り埋める無駄予算

元の枝に戻せと騒ぐ枯れ落ち葉

挿《す》げ替える首見当たらず元の鞘

公園にコーヒー薫る文化の日

中身より外美を競う空木花《うつぎはな》

ねこじゃらし鈍感力をためされる
寝たきりも思わず起きる税・負担
大罪は無罪と知れる尻尾切り
バラ色の夢にもきっと棘あらむ

禿鷹がカツラ被ってハトのふり
嘲されて舞う足下に在る奈落
日々萎《しぼ》む胸の希望を寄せて上げ
ブランドは主を選ぶと知らぬ主

深き闇　錬金術の果てぬ夢
母性愛込みでは呉れぬコウノトリ
守られぬ規則山ほど改革し
持て囃しこければ叩く鉦太鼓

仮成人　天動説も二十歳まで

人は皆見ぬふりをする業を持ち

理想より夢より今日のパンと金

思い出は携帯に詰め軽々と

飴と無知とで威の侭に成る狐狸を集めて多数決

自由　平等　性善説の夢に獏《バク》さえうなされる

造反有理と舞ってはみたがやはり恋しい元の枝

嘘で好いのよいつもの様に聞いてあげるわ言い訳を

見逃せば何でもない些事を大袈裟に
騒ぎ立てる暇な免疫

地団太も踏まず達磨は転ぶだけ
悪さしたがる手も足も捨て

我が事はしっかり棚にさて置いて
あれこれ他人の棚卸しかな

散りぬるを浮けて揺らめく水鏡
うつるともなく花は盛れど

咲くがため散るや蕾に宿る露
散りしく花のしとね濡らしつ

たまゆらの春に目覚めてカタクリの
花は果敢なき夢に咲くかも

秋津洲　滅びの火種許すまじ
やよ掻き熾《おこ》せ稲叢の火を

始まりも終わりも知らず日々はゆき
ふる歳月にうずもれる夢

ふりしきる無言《しじま》にとけてうつろいぬ
夢々ひとよ過ぎし事ども

幾歳と異土に流せしこの涙
今　故郷の壌《つち》に染みいる

忌々しアポロがうさぎ狩り尽くし
干《ひ》乾《から》び果てる水の惑星

今更に何を騒ぐか羊群れ
ご主人様に丸投げの身で

さようなら胸にしずめた想い出を
文字に書いたの消して欲しくて

携帯の仮想現実握り締め
彷徨い歩くうつせみの群れ

六道の辻に迷いて鬼共と
地獄極楽あっち向いてホイッ

あしたにはせめて慙愧《ざんき》の花束を
きょう餌食にぞなせし生命に

残照の今ひと刻を紅に染め
とけゆく景に吾もあるかな

ありったけ見栄の勲章ぶら下げて
身動き取れぬ銅像の人

先輩に保身隠ぺいは倣《なら》えども
矜持《きょうじ》献身忍耐《にんたい》は未だ

渇《か》してなお呑まぬ矜持《きょうじ》も霞み行き
やがてむさぼる盗泉の水

ゆかばやな野にすて風にあたえ来し
思いの丈をみやげ話に

世は移り季は巡りぬ人も亦
えにし果敢《はか》なく愛しかりけり

如何にせん定めは知れど浮世川
淀みに惑う花の名残を

白秋の垂水の坂をゆるゆると
次第に増さる落葉踏みしめ

かえらばや君と遊みし古里の
小高き丘の花邑の壌

獣《けだもの》と神のはざまに揺れ惑う
人こそぞ知るあはれ諸共

善悪を知る木の果実味わえば
埒も囲いもあらぬ世の夢

違わずに季《とき》は巡り来往くものを
徒にとどまる身こそ哀しき

道尋ね道にはぐれて行き暮れて
今きこえける入相《いりあい》の鐘

笑みて佇つ地蔵に供う言の葉の
谺《こだま》をききぬ夢のさなかに

一閃に絶たれし季は甦らずも
今に孫生ゆあの夏の夢

今朝もまた目覚めしことの歓びに
沸き立ち騒ぐ鵯《ひよどり》の声

鏡日の我が身抱きしめ目覚むれば
眺満ちつつつ夢ぞ眠れる

著者プロフィール

舟橋 輝晃（ふなはし てるあき）

広島市在住

ＨＰ 「雀のお宿」
http://www.rak1.jp/one/user/owo/

ブログ「狂歌控帳」
http://blog.goo.ne.jp/suzm1/

朱鴉《あけがらす》の詩《うた》

2014年５月15日 初版第１刷発行

著　者 舟橋 輝晃
発行者 瓜谷 綱延
発行所 株式会社文芸社
〒160-0022 東京都新宿区新宿1－10－1
電話 03-5369-3060（編集）
03-5369-2299（販売）

印刷所 広研印刷株式会社

ISBN978-4-286-14909-7